しんぶんポケット《ぽけっと》のつくりかたと つかいかた

※おうちの ひとと いっしょに つくってね。

① 左下《ひだりした》の さんかくけいを きりとりせん---で きりとります。

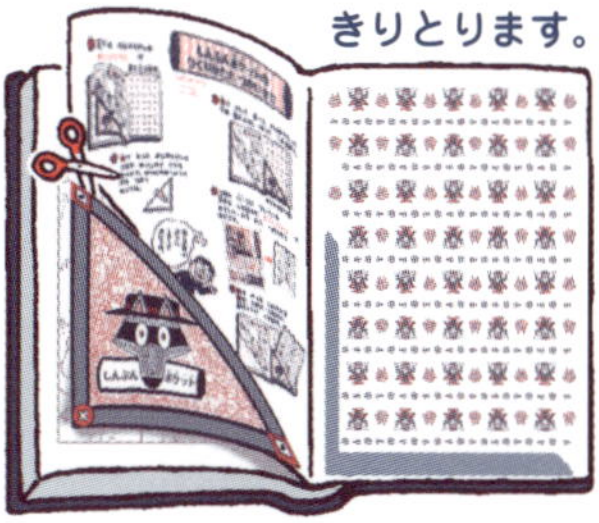

② ①で きった さんかくけいの うらの のりしろに のりを ぬります。はみださないように 気《き》を つけて ぬってね。

③ ②で のりを ぬった さんかくけいを 下《した》の 図《ず》のように はって できあがり。

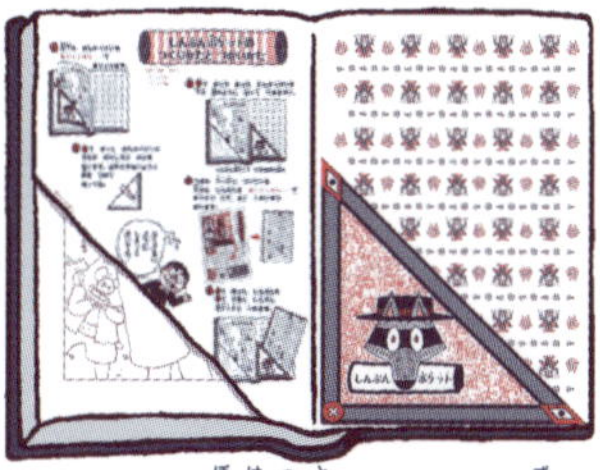

しんぶんポケット《ぽけっと》 できあがり図《ず》▲

④ つぎの ページ《ぺーじ》に ついている 大《おお》きな しんぶんを きりとりせん---で きりとり、たて、よこ 1かいずつ おります。

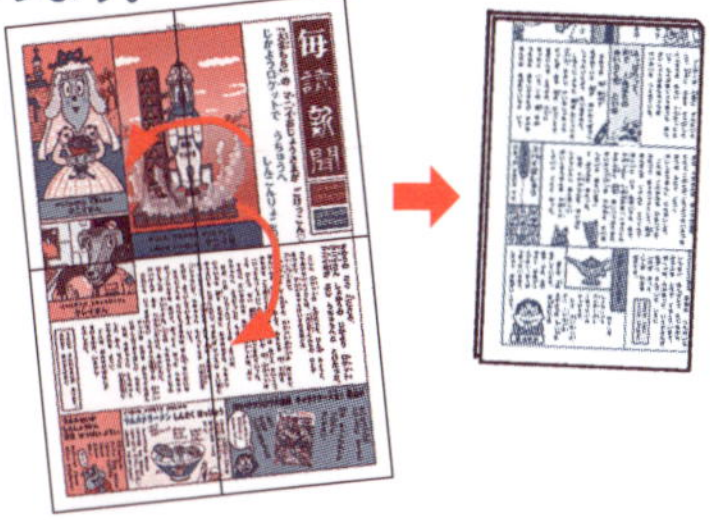

⑤ ④で おった しんぶんを ③で できた しんぶんポケット《ぽけっと》に いれます。

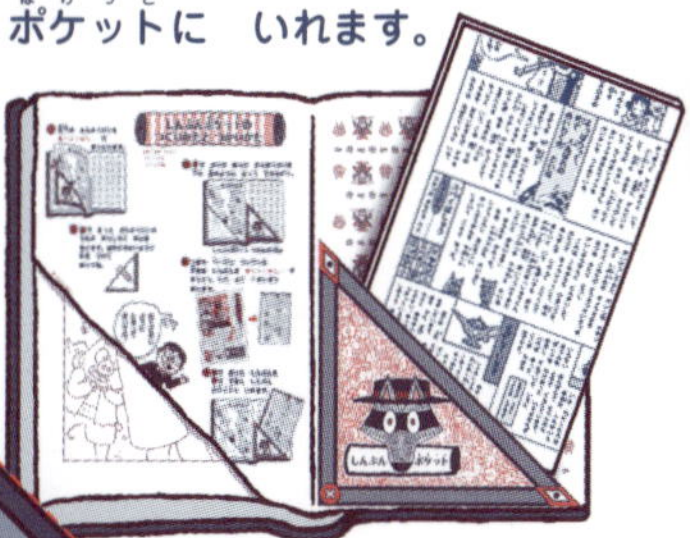

のりしろ

のりしろ

かいけつゾロリ
ロボット大《だい》さくせん

さく・え　原 ゆたか

どくしゃの　みなさん、まずは
ゾロリ《ぞろり》たちと　いっしょに、
この　本《ほん》に　ついている
しんぶんの、マニイ《まにい》の
きじを　およみ
ください。

あの　ひこうきじこの　ときのマニイ《まにい》おじょうさまも、りっぱなレディー《れでぃー》に　なったんだな。

うちゅうひこうしさんとけっこんしただね。

しんこんりょこうに、じかようロケット《ろけっと》で　いくだなんて、やっぱり　お金《かね》もちはスケール《すけーる》が　でかいだな。

しりあいが　しあわせになるってのは、うれしいことだけど、おれたちのおなかの　たしにはならないぜ。

さあ、
とっとと　たべものをみつけないと、またひもじくて　ねむれないよるを、すごさなきゃならなくなるぞ。

グルルルル〜

イシシ《いしし》と
ノシシ《のしし》は　目《め》を　つぶり、
木《き》のみや　くだもの、そして
きのこなどの　においが
してこないかと、はなに
いしきを　しゅうちゅう
させます。
すると——

「こっちだ!!」
イシシ《いしし》が　いちはやく、
なにかの　においを
キャッチ《きゃっち》したようです。
うっそうと　おいしげる
くさむらを　かきわけ、
ずんずんと　おくへ
はいって
いきました。

「えっ！
ほんとだか？」
ノシシ《のしし》が
はんしん
はんぎで、
イシシ《いしし》の
あとを
ついていって
みると――

きれいな　川《かわ》の　ほとりに、ブルーベリー《ぶるーべりー》やのいちごが、みを　つけています。それどころか、木《き》には　やせいのももが　なり、ねもとには　たべられるきのこまで、かおを　だしていました。

おらの　はなはたしかだろ、えっへん。

イシシ《いしし》は、もう　山《やま》いもをほりだしています。

ほんとだ。イシシ《いしし》、すごいだな。こんやはごちそうだ!!

ノシシ《のしし》はかんしんしながら、のいちごを　つみはじめました。

山《やま》いもを
かじりながら、
イシシ《いしし》が　ふと
かおを　あげると、目《め》の
まえの　木《き》に、大《おお》きな
クワガタ《くわがた》が　とまっていました。

イシシ《いしし》は、すばやく　それを　つかまえ、
ひろっておいた　ガシャポン《がしゃぽん》の　カプセル《かぷせる》に
いれると、うれしそうに　ながめています。
そこへ——

ゾロリ《ぞろり》が　やってきたのです。
ゾロリ《ぞろり》の　目《め》に　うつったのは、
いっしょうけんめい　たべものを
あつめている　ノシシ《のしし》と、クワガタ《くわがた》を
つかまえて　あそんでいる、イシシ《いしし》の
すがたでした。

ゾロリ《ぞろり》せんせいに　ほめられて、
ノシシ《のしし》は　てれたように
わらっています。

イシシ《いしし》は、ショック《しょっく》です。
ここは、じぶんが　はなで
かぎあてた　ばしょです。
それを　しっている　ノシシ《のしし》も、なんの
せつめいも　してくれません。
いきなり　やくたたずと　いわれた
イシシ《いしし》は、カッ《かっ》と　なりました。

そう　いいすてると、イシシ《いしし》は　川《かわ》を
とびこえ、かけだしていってしまいました。

ゾロリ《ぞろり》も　ノシシ《のしし》も、あんなに
おこった　イシシ《いしし》を　みたのは、
はじめてです。

「イシシ《いしし》、ちょっと
いいすぎた。ゆるしてくれよ。」

「さきに　みつけたのは　イシシ《いしし》だって、ちゃんと
いわなかった　おらが、わるかっただ。」
ふたりは、あわてて　ひきとめようと　しましたが、
イシシ《いしし》の　いかりは　おさまらず、ずんずん
さきに　いってしまいます。
しばらく、イシシ《いしし》の　あとを　おいかけて
いると、おいこした　ひとが　もっている

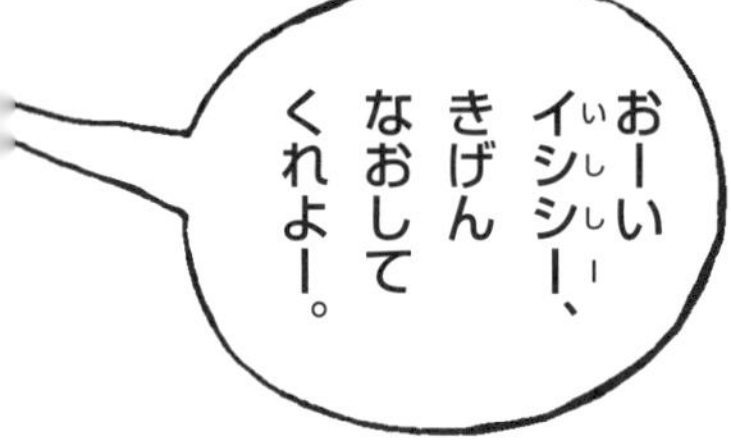

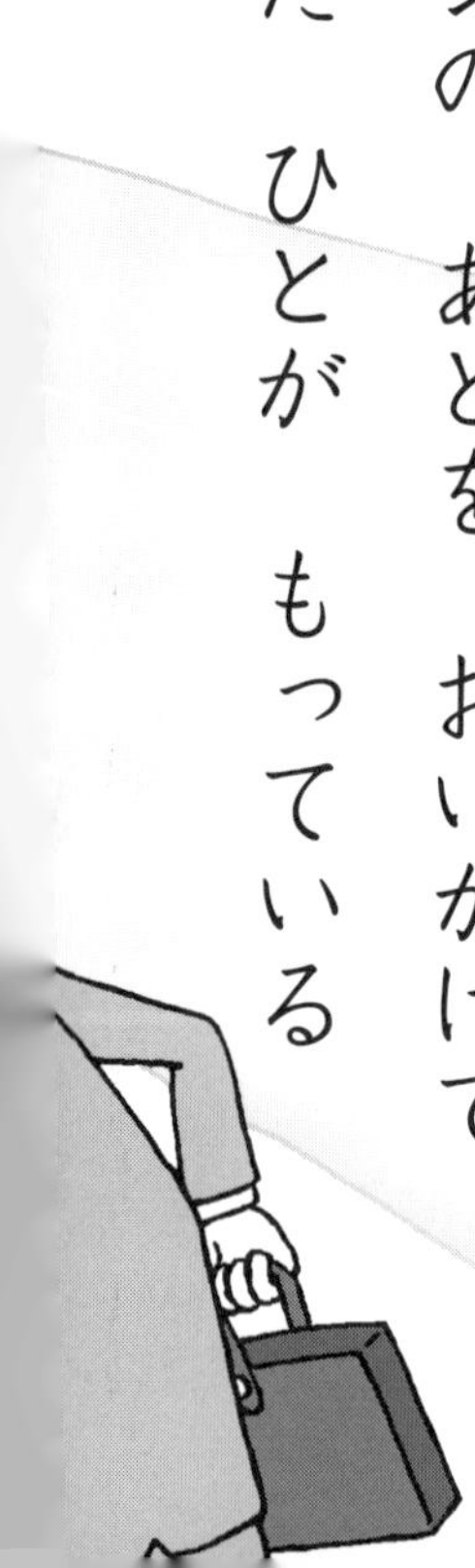

タブレット《たぶれっと》から、ゾロリ《ぞろり》たちの
耳《みみ》に、こんな　ニュース《にゅーす》が
とびこんできました。

マニイ《まにい》さんが
のった　じかよう
ロケット《ろけっと》に、大《おお》きな　トラブル《とらぶる》が
はっせいし、エンジン《えんじん》が
ストップ《すとっぷ》。このままでは、
ちきゅうに　もどって
こられない　じたいに
なっているようです。

ゾロリ《ぞろり》と　ノシシ《のしし》は、
おもわず　たちどまり——

その ひとの タブレット《たぶれっと》を ひったくると、がめんを
くいいるように みつめました。

ゆいいつ　のこされた　ほうほうは、
グレイ《ぐれい》ひこうしが　みずから
ロケット《ろけっと》を　しゅうりする
ことに　かかっています。
しかし、　ロケット《ろけっと》は　そうとう
ダメージ《だめーじ》を　うけているようで、
いま　きんきゅうに　ロケット《ろけっと》の
せんもんかを　あつめて、なにか
手《て》だては　ないか、けんとう中《ちゅう》
だと　いう　ことです。
ぬわんだってー。

ゾロリ《ぞろり》は、マニイ《まにい》を　しっているだけに、
ここは　ほうっては　おけません。
かと　いって、国《くに》も　お手《て》あげだと
いうのに、いまの
ゾロリ《ぞろり》に、なにが
できると　いうのでしょう。

「はっ、そうだ!!　あの
ひとなら、ひょっとして!!」
ゾロリ《ぞろり》の　あたまに、

だれかが　おもい
うかんだようです。
「よーし、
ついてこい!!」
ゾロリ《ぞろり》は、
ノシシ《のしし》を
ひきつれて、
いま　きた　みちを
ひきかえしていきました。

そんな　ことは、つゆ　しらず、
イシシ《いしし》の　いかりは、だんだん
おさまってきました。
ゾロリ《ぞろり》も　ノシシ《のしし》も、心《こころ》から
しんらいできる　なかまです。
おいかけてきてくれている　ことは、
ずっと　せなかに　かんじていました。
「そろそろ、ゆるしてあげても　いいだかな。」
そう　おもって、イシシ《いしし》が　ふりかえってみると、

ふたりの　すがたは、どこにも　みえません。
「ひ、ひどいだ。おらの　こと、なかまだと
おもってくれてなかっただ。ぐすん……。」
ショック《しょっく》を　うけた　イシシ《いしし》の
目《め》から、なみだが　こぼれました。
とうとう、ほんとうの　ひとりぼっちに
なってしまったのです。
さて、ゾロリ《ぞろり》たちが　あわてて
むかった　さきは――

ブーデル《ぶーでる》はかせの
けんきゅうじょでした。

ブーデルはかせとは・・・

八《はち》ばいの いりょくの
おならが でる おいもを
かいはつし、おなら
エネルギー《えねるぎー》を つかう
そうちで、ちきゅうを すくった すごい はかせ。
そのとき、ゾロリ《ぞろり》たちは、はかせとともに
おなら名人《めいじん》として かつやくした。

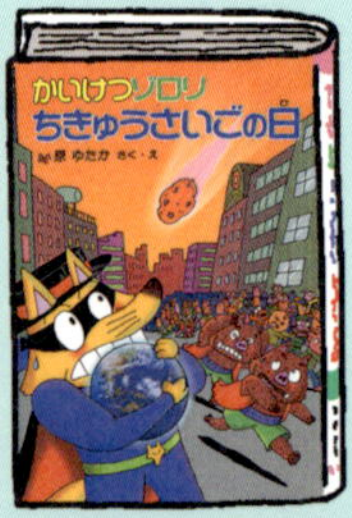

その じけんを
もっと よく しりたい
ひとは、この 本《ほん》を
よんでみてね。

さらに、はかせは、
十《じゅう》ばいの いりょくで
おならが でる
おいもの
かいりょうに
せいこうしていた。

ちきゅうを　すくうほどの、そうだいな
そうちを　つくりあげた　ブーデル《ぶーでる》はかせ
なら、すぐに　うちゅうへ　いける
ロケット《ろけっと》ぐらい　かいはつしているに
ちがいないと、ゾロリ《ぞろり》は　おもったのです。

とつぜん、けんきゅうじょの　ドア《どあ》を　あけて
とびこんできた　ゾロリ《ぞろり》たちを
みた　ブーデル《ぶーでる》はかせは
おどろいて、

「おお、ゾロリ《ぞろり》くん、よく　きてくれた。きみたちを
さがしておったんじゃよ。」
びっくりするほど、大《だい》かんげいしてくれました。
「やっと　つくりおえて、ちょうど　しけんを
する　ところだ。わしは、いちばんに　きみたちの
力《ちから》を　かりたかったんじゃ。」
さすが、ブーデル《ぶーでる》はかせです。
ニュース《にゅーす》を　みて、
マニイ《まにい》を　たすける

ための
ロケット《ろけっと》を、もう
じゅんびしている
ようです。

はかせが 大《おお》きな
とびらを あけて、
ゾロリ《ぞろり》たちを まねき
いれた その へやには――

みあげるほどの きょだい ロボット《ろぼっと》が たっていました。
みてくれたまえ。ついに かんせいした、ヘヴァーン《へゔぁーん》・デルヨン《でるよん》初号機《しょごうき》だ!!

ブーデル《ぶーでる》はかせは、このヘヴァーン《へゔぁーん》・デルヨン《でるよん》のせつめいを してくれました。

これが　ブーデル《ぶーでる》はかせの さいがいきゅうじょロボット《ろぼっと》

ヘヴァーン・デルヨン（初号機《しょごうき》）だ!!

わしはな、かこに　ちきゅうを　すくった、あの　おならエネルギー《えねるぎー》を　うまくコントロール《こんとろーる》して、しゃかいのやくに　たつ　ロボット《ろぼっと》が　つくれないか、ずっと　けんきゅうを　つづけてきたんじゃ。その　しゅうたいせいがこの　ヘヴァーン・デルヨン《へゔぁーん・でるよん》なのだ。

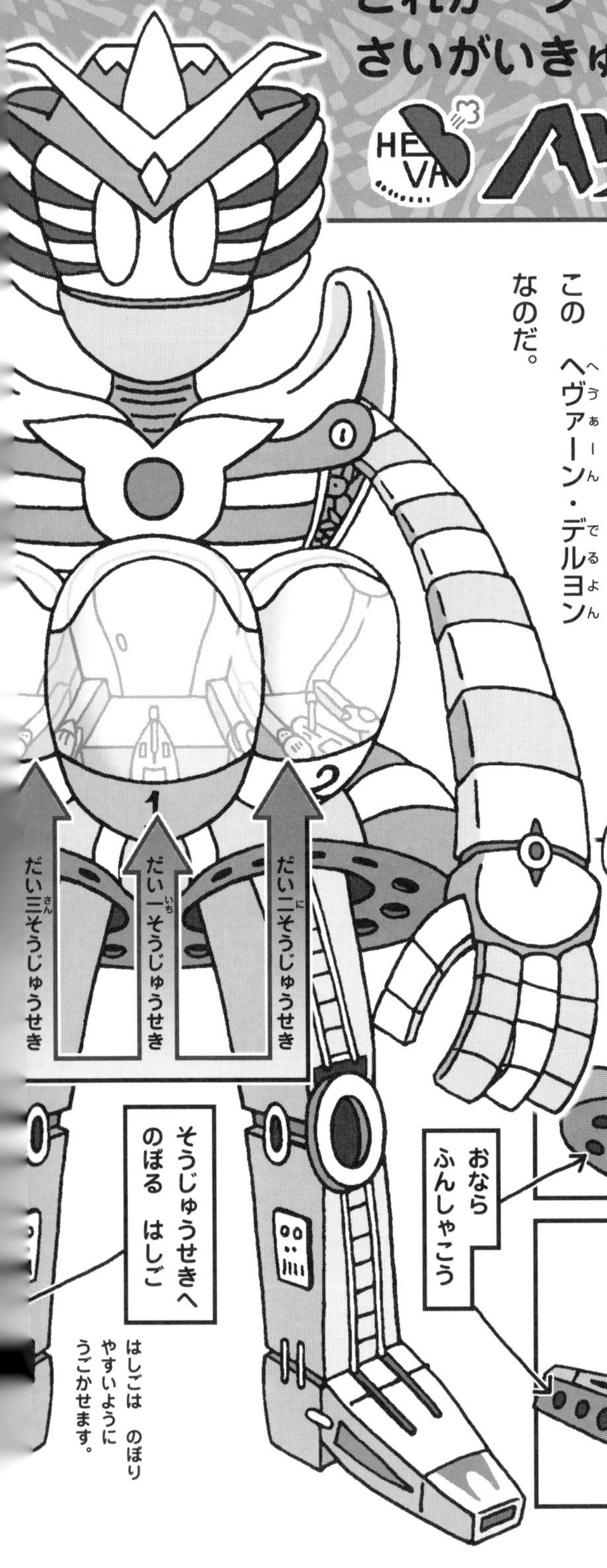

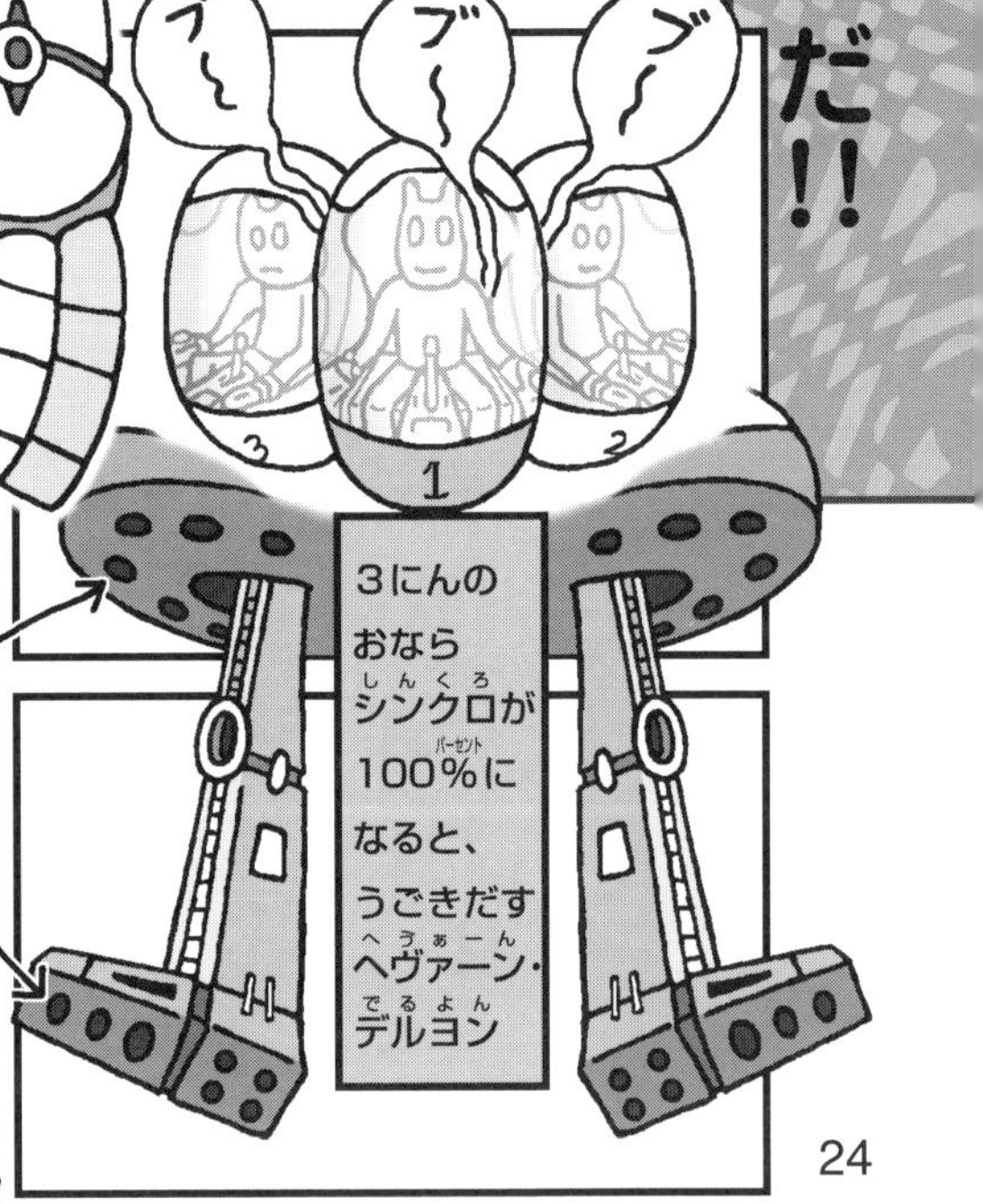

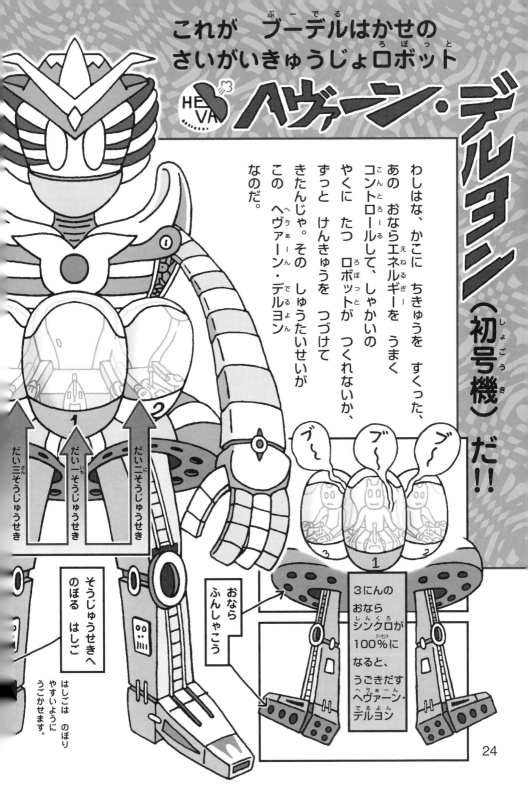

●おならシンクロ《しんくろ》した　ロボット《ろぼっと》は、
さいがいげんばに　ひとっとび。
●どしゃや がれきを いどうさせたり、
とりのこされた ひとを あんぜんな
ばしょへ　はこびます。
よく みてくれたまえ。この ロボット《ろぼっと》には、そうじゅうせきが 三《みっ》つ あるじゃろう。それぞれの そうじゅうせきに すわった、三《さん》にんの パイロット《ぱいろっと》が だした おならエネルギー《えねるぎー》が、ピッタリ《ぴったり》 シンクロ《しんくろ》して ひとつに なった とき、この ロボット《ろぼっと》は うごきだし、さいだいの いりょくを はっきする ように せっけいしたのじゃ。
は？ シンクロ《しんくろ》って なんの ことだ？

「シンクロ《しんくろ》とは、気《き》もちが　ひとつに　なると
いう　ことじゃ。ひとつに　なった
三《さん》にんの　心《こころ》で、おならの
はけいを　ピッタリ《ぴったり》　あわせないと、
このロボット《ろぼっと》は、ただしく
うごいては　くれないんじゃ。
その　シンクロ《しんくろ》の　テスト《てすと》を
したいので、おなら
名人《めいじん》に　あつまって

ちきゅうを　すくった　ときの
おなら名人《めいじん》　7にんしゅう

もらおうと、ぜんいんに
れんらくしたのじゃ。
しかし、きみたち 三《さん》にんは、いつも たびを
していて つかまらないので、もう
あきらめておったんじゃよ。
でも、じつは、いちばん
ここに きてほしかったのは、
きみたちだったんじゃ。」

「えっ？ ど、どうしてだ？」

「きみたちは、心《こころ》の　つうじあう　なかまだからこそ、
いつも　いっしょに　こうどうしているんだろ？
きっと、ピッタリ《ぴったり》　シンクロ《しんくろ》する　おならが
だせる　はずじゃ。きみたち　三《さん》にんこそが、この
ヘヴァーン《へゔぁーん》・デルヨン《でるよん》を　あやつれる、さいこうの
パイロット《ぱいろっと》に　なれると、わしは　しんじているんじゃ。」

「じゃあ、三《さん》にんの　おならが　シンクロ《しんくろ》さえ
すれば、この　ロボット《ろぼっと》は、うちゅうに
だって　とんでいけるんだな？」

「そのとおり。
でも、ゾロリ《ぞろり》くん、
さっきから　なぜ、
そんなに　うちゅうに
いきたがって
おるのかな？」

「えっ、はかせ、いま
うちゅうで、たいへんな　ことが
おこっているのを、しらないのか？」

ゾロリ《ぞろり》が　はかせに、ロケット《ろけっと》の　トラブル《とらぶる》で
うちゅうに　とりのこされた、ひげきの　しんこん
カップル《かっぷる》の　はなしを　つたえると、

そうか！　きみたちが　シンクロ《しんくろ》して、この
ヘヴァーン《へゔぁーん》・デルヨン《でるよん》で　その　カップル《かっぷる》を
ぶじ　うちゅうから　つれもどしたなら、わしの
この　すばらしい　けんきゅうせいかも
せかい中《じゅう》の　ちゅうもくを　あびる　ことに　なるな。
それは、ありがたい。じゃあ、さっそく　三《さん》にんで
ロボット《ろぼっと》に　のりこんでくれたまえ。

はかせに　いわれて、
ゾロリ《ぞろり》は　気《き》が　つきました。
「あっ。しまった！　イシシ《いしし》を
おいかけてる　とちゅう
だったぜ。ノシシ《のしし》、いま　すぐ、イシシ《いしし》を　ここへ
つれてくるんだ。たのんだぜ。」
「は、はいだあー。」
ノシシ《のしし》は、すぐに
けんきゅうじょを　とびだして――

イシシ《いしし》と　わかれた　ばしょへ
もどってみた　ものの、あれから
ずいぶん　じかんが　たっています。
イシシ《いしし》の　すがたは、どこにも
みあたりません。
ノシシ《のしし》は、

大声《おおごえ》で　さけびながら
あたりを　さがし
まわりましたが、

へんじは　ありません。
いったい、イシシ《いしし》は　どこへ
いってしまったのでしょう。

ノシシ《のしし》は、イシシ《いしし》を
みつけられないまま、かたを
おとして　ブーデル《ぶーでる》はかせの
けんきゅうじょに　もどってきました。

すると、そこには　おなら名人《めいじん》の
レオナルド《れおなるど》・ブリオ《ぶりお》と、カッパ《かっぱ》の　フレディ《ふれでぃ》が、
おくさんとともに　とうちゃくしていて、
はかせから　ヘヴァーン《へゔぁーん》・
デルヨン《でるよん》の
せつめいを
うけている

ところでした。
もうひとりの　おなら名人《めいじん》の
ダンク《だんく》は、あいにく　スキージャンプ《すきーじゃんぷ》の
しあいで　こられないようです。
と、いう　ことで、ここに
あつまった　メンバー《めんばー》で、
ヘヴァーン《へゔぁーん》・デルヨン《でるよん》の　シンクロ《しんくろ》
テスト《てすと》を　する　ことに　なりました。
はかせは　まず、

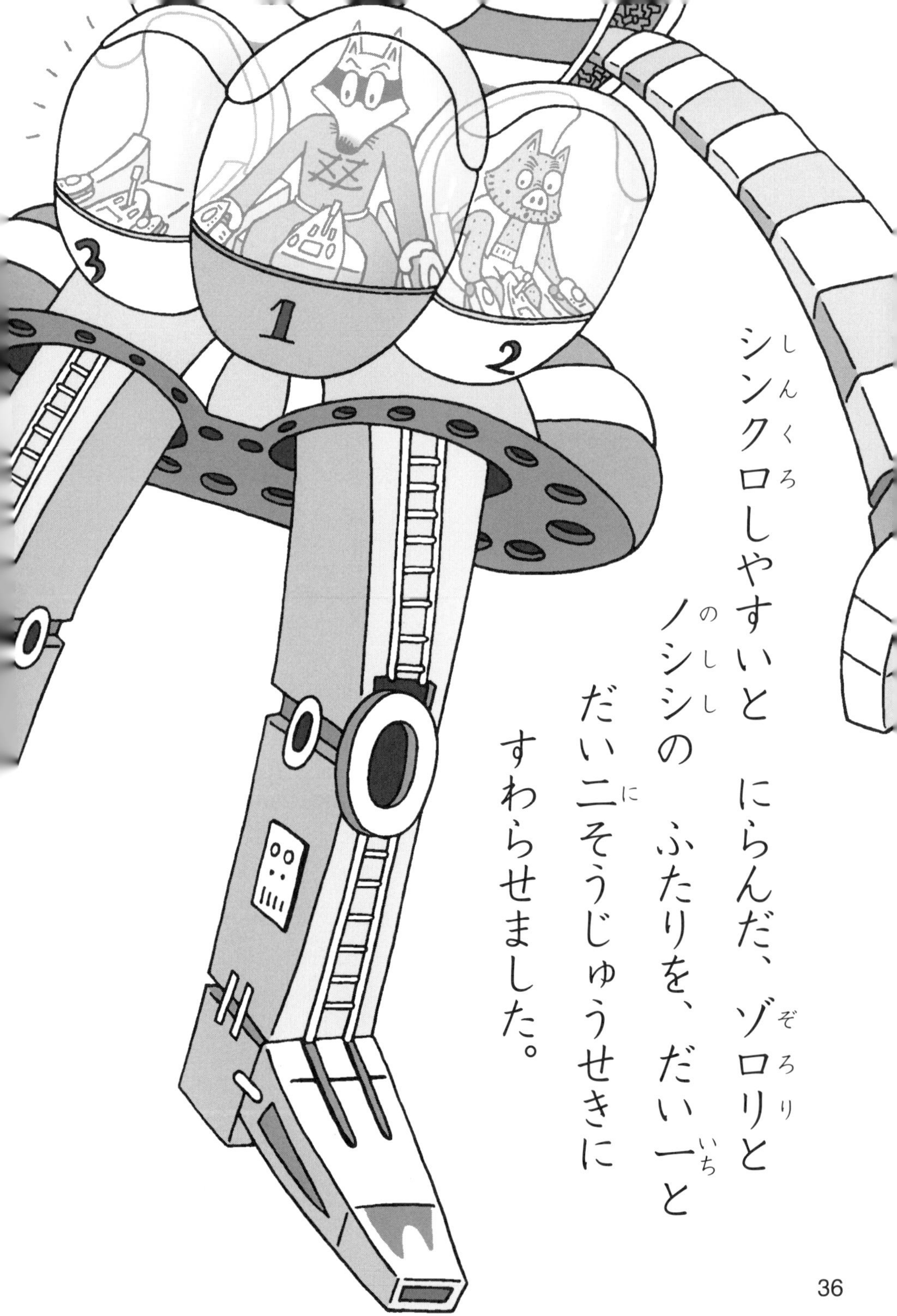

シンクロ《しんくろ》しやすいと　にらんだ、ゾロリ《ぞろり》と
ノシシ《のしし》の　ふたりを、だい一《いち》と
だい二《に》そうじゅうせきに
すわらせました。

「さて、三《さん》にんめだが、
ここは　おならの
いりょくが　ずばぬけて
すばらしい、ブリオ《ぶりお》くんに
おねがいしようかね。」
はかせに　しめいされて、
ブリオ《ぶりお》が　だい三《さん》そうじゅうせきに
のりこもうと　しました。
しかし、

みんな、
うすうす　かんじて
いたとおり、ブリオ《ぶりお》は　ふとりすぎて、
そうじゅうせきに　すわれません。
「へへへ。つまの　ローズ《ろーず》の　手《て》りょうりが

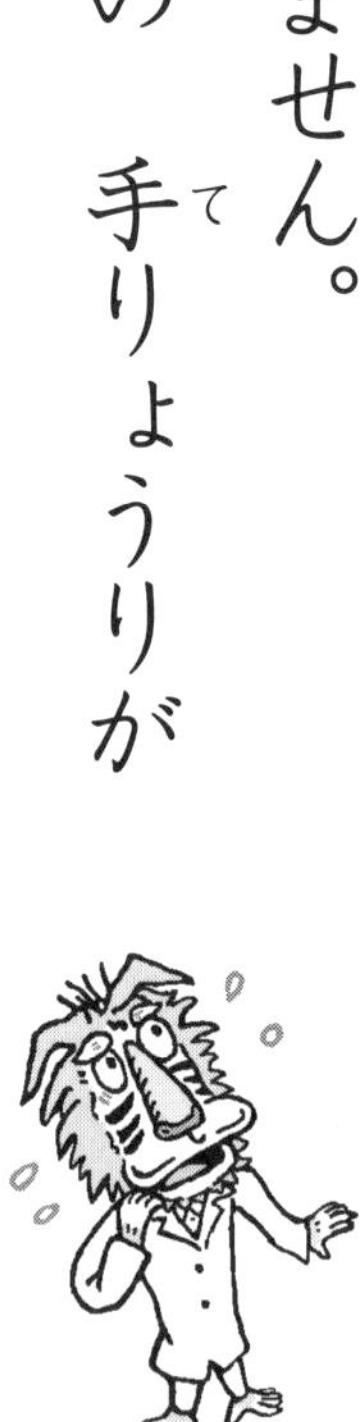

おいしすぎるからね。　しあわせ
ぶとりしちゃったかなあ。」
はずかしそうに、ロボット《ろぼっと》から　おりてきました。
しかし、ブリオ《ぶりお》は　ごうかきゃくせんを　おならで
もちあげたと　いう、すばらしい
けいれきの　もちぬしです。
おなら名人《めいじん》としての
プライド《ぷらいど》が　ゆるさ
なかったのでしょう。

ブリオ《ぶりお》は、はかせに　たのみこみました。

「そうじゃな。これから、なにが　おこるか
わからない。そのときの　ためにも、

じゅんびは　しておいてもらおうかのう。
ここに、トレーニングルーム《とれーにんぐるーむ》が
ある。三日《みっか》で　十《じっ》キロ《きろ》は
おとしてくれたまえよ。」
「わかりました。」
ブリオ《ぶりお》は、ローズ《ろーず》とともに、
トレーニングルーム《とれーにんぐるーむ》へ
はいっていきました。
　すると、さっそく　へやから、

トレーニングマシーン《とれーにんぐましーん》の　音《おと》とともに、
ブリオ《ぶりお》の　けついが　声《こえ》に
なって　きこえてきます。
それを　きいた　はかせは、
いいました。

はかせの　ことばは、気《き》の　よわい　フレディ《ふれでぃ》に
プレッシャー《ぷれっしゃー》を　あたえてしまったようです。
「だいじょうぶ。あなたなら、できるわ。」
おくさんに　はげまされ、フレディ《ふれでぃ》は、しぶしぶ
そうじゅうせきに　あがっていきました。
三《さん》にんが、ブーデル《ぶーでる》はかせの　おいもを
たらふく　たべると、いよいよ
一《いっ》かいめの　テスト《てすと》が
はじまります。

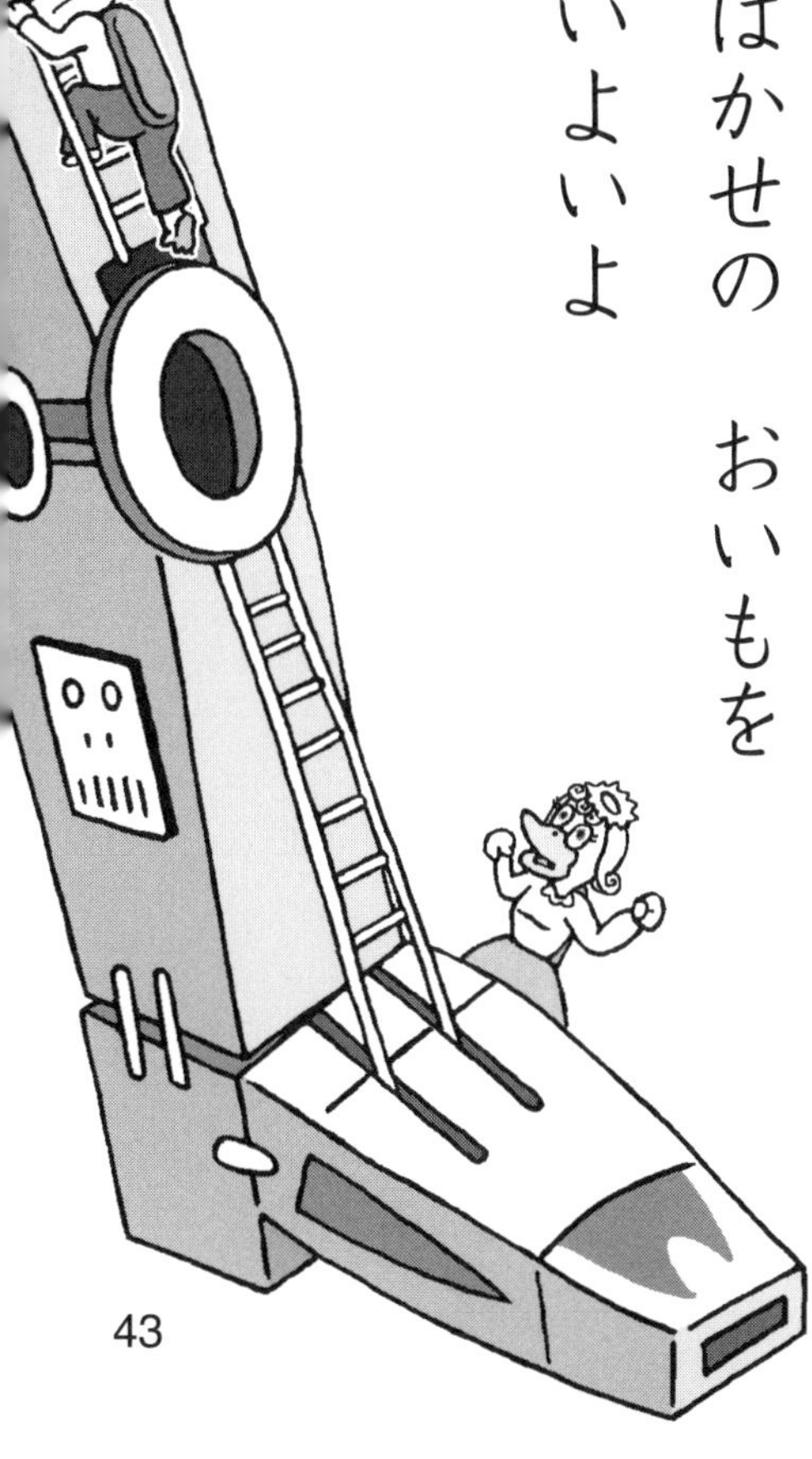

「まず　いちど、ふつうに　おならを　だしてみて
くれたまえ。」
はかせに　いわれて、三《さん》にんが　いつもどおりの
おならを　だすと……さすがです、ゾロリ《ぞろり》と　ノシシ《のしし》の
おならの　はけいは、ほとんど　そろっていました。
しかし、ごらんのとおり、フレディ《ふれでぃ》の　おならの
はけいが　よわいのです。

「フレディ《ふれでぃ》、もうすこし
つよく、だして
みてくれ。」
はかせが　いうと、

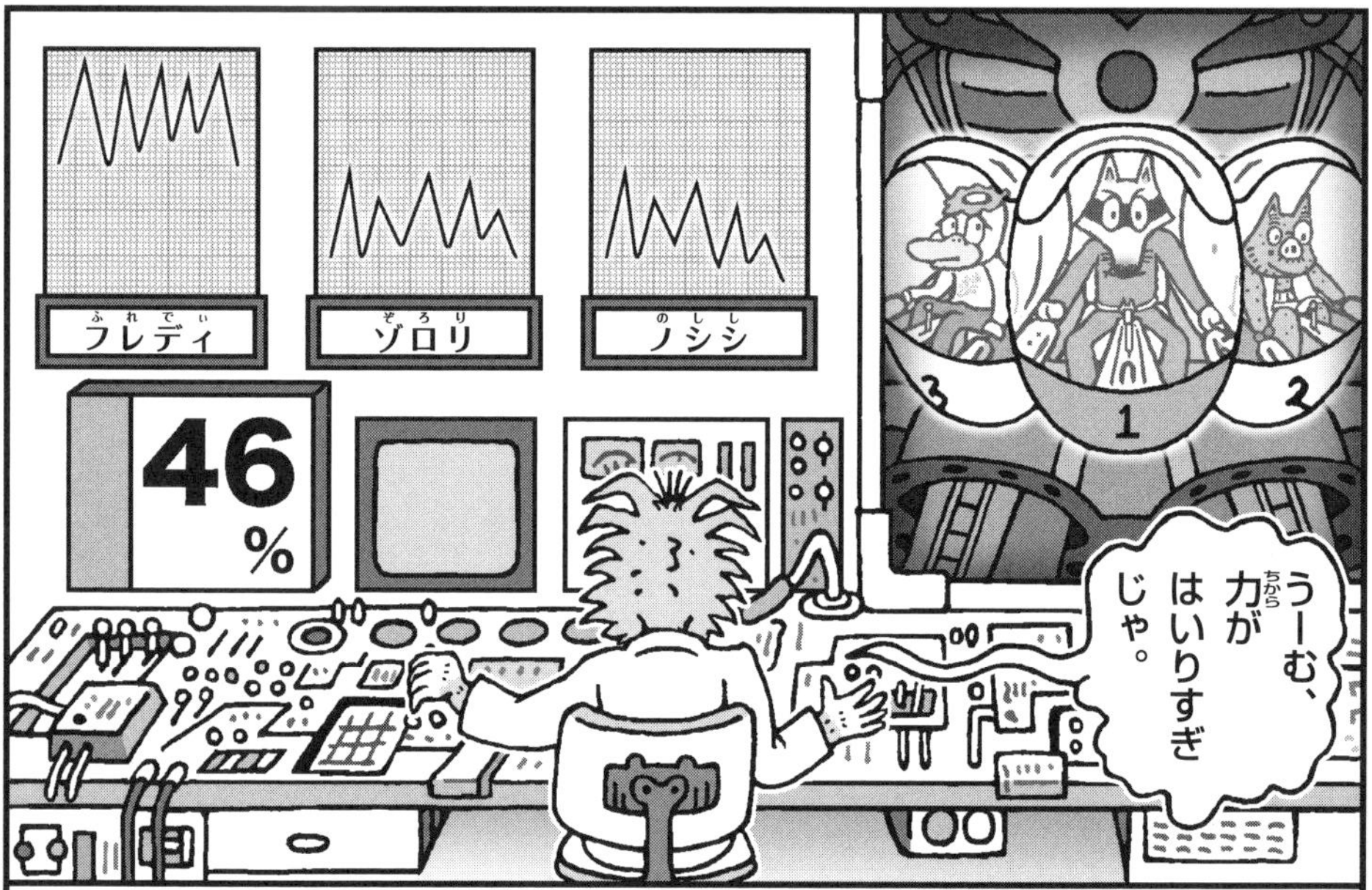

こんどは、すこし　つよすぎたようです。そして、つぎは——

シンクロ《しんくろ》りつが　すこし　あがりましたが、ゾロリ《ぞろり》と　ノシシ《のしし》ばかりが ほめられるので、フレディ《ふれでぃ》は　じしんを　なくしていきます。

さらに　はかせに　しじされれば　されるほど、おどおどして　しまい、フレディ《ふれでぃ》の　はけいが　あんていしません。

ブーデル《ぶーでる》はかせは、三《さん》にんの　おならの　はけいを　ピッタリ《ぴったり》　あわせるのが、いかに　むずかしい　ことかが　わかってきました。

はやく、うちゅうへ　とびたちたい　ゾロリ《ぞろり》。
あせれば あせるほど、じしんを なくしていく フレディ《ふれでぃ》。

テスト《てすと》を　すれば　するほど、それぞれの　気《き》もちが
はなれて、三《さん》にんの　はけいは　みだれていくばかりです――。

「おい、この　ちょうしじゃ、まだ　じかんが
かかるぜ。マニイ《まにい》たちに、たべものや　さんそを
せつやくして、もちこたえる　日《ひ》にちを　もうすこし
のばせないか、そうだんできないかな？」
ゾロリ《ぞろり》が　いうと、はかせは　さっそく
マニイ号《まにいごう》からの　こうしんしゅうはすうを
さぐりあて、よびかけてみました。
「マニイ《まにい》さん、グレイ《ぐれい》さん、こちら　ブーデル《ぶーでる》
けんきゅうじょ。おうとう　ねがいます。」

モニター《もにたー》に、マニイ《まにい》と グレイ《ぐれい》が うつしだされました。

しょうげきてきな こたえが、

かえってきました。

どうやら、わたしたちは、うんにみはなされてしまったようね。
マニイ《まにい》が　かなしい　えがおを
みせたので、そうじゅうせきの　ゾロリ《ぞろり》が
おもわず——、
マニイ《まにい》さん、かならずたすけにいくから、きぼうを　すてずにまっているんだぜ。
と　いった　ところで
こうしんが
とだえてしまいました。

「ゾロリ《ぞろり》さん、なに　ちょうしの
いい　こと　いって　いるんですか？
うちゅうへ　いくまでの
じかんを　かんがえると、
シンクロ《しんくろ》の　テスト《てすと》に
かけられるのは、たった
一日《いちにち》しか　ありませんよ。」
フレディ《ふれでぃ》が　いうと、
「かんがえかたが、　まちがって　いたのさ。

じかんが　あれば、シンクロ《しんくろ》できるんじゃ　ない。
おれたちの　しゅうちゅうりょくが　だいじなんだ。
おれさま、あきらめるもんか。」
「そうだ!!　ぼくだって　あきらめないよ。
こんや中《じゅう》に　やせて、そうじゅうせきに
すわってみせる!!」
トレーニングルーム《とれーにんぐるーむ》から　かおを
だした　ブリオ《ぶりお》は、マシーン《ましーん》の
そくどを　ばいに　あげました。
さらに、

ダンク《だんく》からも、しあいが　おわったので　こちらに
車《くるま》を　とばしていると、れんらくが　ありました。
ブーデル《ぶーでる》はかせも　おなら名人《めいじん》の　ひとりとして、
そうじゅうせきに　すわる　かくごです。
マニイ《まにい》と　グレイ《ぐれい》を　たすけるために、
みんなの　気《き》もちが　ひとつに
なりはじめています。
ただ、はかせが　気《き》がかりなのは、
イシシ《いしし》の　ことでした。

ゾロリ《ぞろり》、イシシ《いしし》、ノシシ《のしし》の　三《さん》にんなら、
きっと　すばらしい　シンクロ《しんくろ》を
みせてくれる　はずです。
でも、その　イシシ《いしし》の
ゆくえが　ゾロリ《ぞろり》にも
わからないのでは、
どうしようも　ありません。
そこで、はかせは
けっしんしました。

ヘヴァーン《へゔぁーん》・デルヨン《でるよん》での、マニイ号《まにいごう》　きゅうしゅつさくせんを、マスコミ《ますこみ》に　はっぴょうしたのです。

　せかい中《じゅう》が、大《おお》さわぎに　なりました。

　ひげきの　カップル《かっぷる》に、すくいの手《て》が　さしのべられるのです。

　すぐに　テレビ《てれび》きょくが、うちゅうへとびたつ　ロボット《ろぼっと》の　ちゅうけいをしたいと、けんきゅうじょに　やってきました。

　これが、はかせの　ねらいでした。

ちゅうけいを
ゆるすかわりに、
テレビ《てれび》で、
イシシ《いしし》の
じょうほうを、
一日中《いちにちじゅう》
ながしてもらう
ことに
したのです。

きんきゅう　たずねびと
イシシ《いしし》さん、これを
みたら、しきゅう
ブーデル《ぶーでる》はかせの
けんきゅうじょに
きてください!!
この　かおに、
ピン《ぴん》と　きた
しちょうしゃの
みなさまへ
この　じんぶつは、マニイ号《まにいごう》　きゅうしゅつの
ための　たいせつな　パイロット《ぱいろっと》こうほです。
みかけたら、すぐに　ブーデル《ぶーでる》はかせの
けんきゅうじょに　つれてきてください。

さあ、これなら
イシシ《いしし》も、きっと
どこかで 目《め》に して
くれる　はずです。

ところが、イシシ《いしし》は
それどころでは　なかったのです。
ゾロリ《ぞろり》たちと　わかれた　あと、さかみちを
とぼとぼ　くだっていた　ときでした。
谷《たに》から、なき声《ごえ》が
きこえてきたのです。
イシシ《いしし》が、声《こえ》を　たよりに　おりて
みると、ねずみの　男《おとこ》の子《こ》が
ないています。

こまった
ひとを　みたら、
たすけずには
いられないのは、
ゾロリ《ぞろり》ゆずり。
「どうしただ？」
イシシ《いしし》が　声《こえ》を　かけると、
男《おとこ》の子《こ》は、川《かわ》の　ながれの　さきに
ある、どうくつを　ゆびさしました。

「ぐすん。ぼく、ラッタ《らった》って
いいます。きゅうに　川《かわ》の
水《みず》が　ふえて、ともだちが
ふたり、あの　中《なか》から
でられなくなっちゃったんです。
たすけにいこうと　したら、
あわてて　いわに　つまずき、
足《あし》を　くじいてしまいました。」
はなしを　きいている

あいだも、川《かわ》の　水《みず》かさは
ふえていきます。

きっと、
山《やま》の　上《うえ》で、大雨《おおあめ》でも
ふったのでしょう。
イシシ《いしし》が、どうくつの　中《なか》の　ようすを
みてみようと、川《かわ》ぎしから
のぞきこんだ　とき――

「ぶはあ!!」
水《みず》の　中《なか》から、白《しろ》い　ねずみが
とびだしてきたのです。
「あっ、ネジュウ《ねじゅう》!」
ラッタ《らった》が　さけびました。
イシシ《いしし》が、いそいで　川《かわ》から
すくいあげると、ネジュウ《ねじゅう》は
いきも　たえだえに　いいました。
「マウル《まうる》は　およげないから、ぼく　ひとりじゃ

つれてこられなかったんだ。
ラッタ《らった》、いっしょに　きて。」
「よし、わかった。ウウッ《うう っ》。」
ラッタ《らった》は、かおを
しかめて　足《あし》を
ひきずりながら、どうくつの
そばまで、なんとか　たどりつきました。
ラッタ《らった》と　ネジュウ《ねじゅう》が、大《おお》きく
いきを　すって、とびこもうとした　ときです、

イシシ《いしし》が　とめました。
「その　足《あし》じゃ、およげない。
ともだちを　たすけるのは、むりだ。
おらが　つれてくるから、まず　中《なか》の
ようすを　おしえてほしいだ。」
すると、ネジユウ《ねじゅう》が、じめんの
上《うえ》に、水《みず》で　マウル《まうる》の　いる
ばしょを　かいてくれました。
「よし、おらに　まかせるだ。」

そう　いうと、イシシ《いしし》は、　なぜか
ガシャポン《がしゃぽん》の　カプセル《かぷせる》を　とりだし、
つかまえた　クワガタ《くわがた》を　にがしました。
そして、からに　なった　カプセル《かぷせる》に
とがった　石《いし》で　ガリガリ《がりがり》と　あなを
あけると、

ザバー！

どうくつへ　つづく
つうろへ、もぐっていきました。

ねずみには、ふかくて　ながい　つうろでしたが、からだの　大《おお》きな　イシシ《いしし》は、うでを　四《よん》かき　するだけで、マウル《まうる》の　ところへ　たどりつきました。

水《みず》は、もう　マウル《まうる》の　すぐ　そばまで　せまっています。

「さあ、これを　つけるだ。」

イシシ《いしし》は、カプセル《かぷせる》を　マウル《まうる》の　あたまに　かぶせます。

それは、まるで　ねずみ用《よう》の
せんすいヘルメット《へるめっと》のようでした。
「さあ、だっしゅつするだ。」
イシシ《いしし》は、マウル《まうる》を
しっかり　だきかかえると、もと
きた　つうろを　もどっていきます。
しかし、うでを　二《ふた》かきした
ところで、イシシ《いしし》の　からだが　まえに
すすまなくなってしまいました。

つうろが　せまいので、ゴツゴツ《ごつごつ》した
いわはだに、イシシ《いしし》の　ふくが
ひっかかってしまったのです。
ゴボ《ごぼ》　ゴボ《ごぼ》　ゴボ《ごぼ》。
もう　目《め》の　まえには、そとの　ひかりが
ゆらめいて　みえて　いると　いうのに、
おしりを　ふっても、からだを
ゆらしても、ふくは　はなれず、まえに
すすむ　ことが　できません。

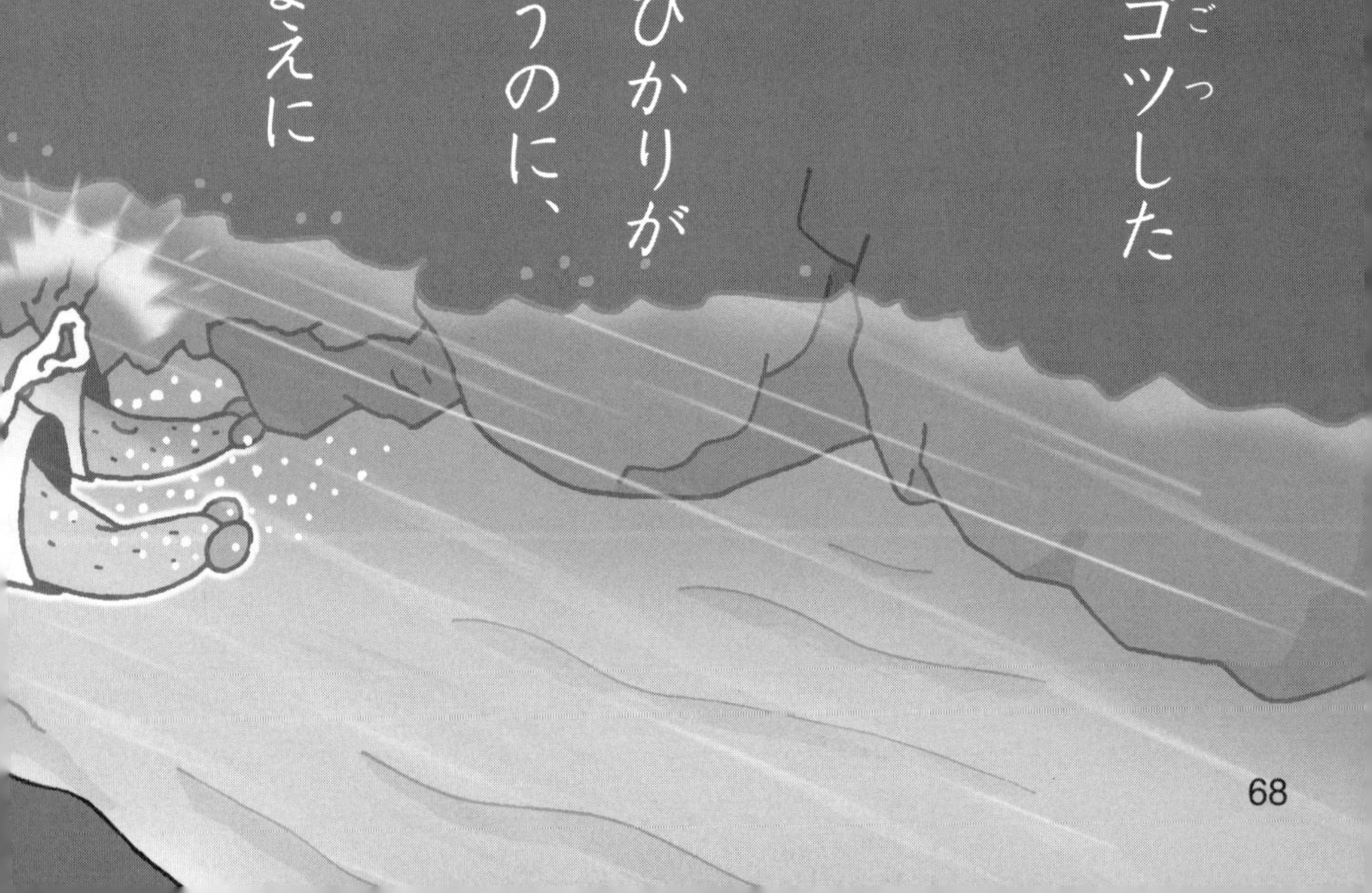

だんだん、イシシ《いしし》の　いしきが
とおのいていきます。
どうくつの　そとでは、
ラッタ《らった》と　ネジュウ《ねじゅう》が
水《すい》めんを　みつめて、
マウル《まうる》と　イシシ《いしし》が
あらわれるのを、いまか
いまかと　まって
いました。

でも、あまりにも　じかんが
かかりすぎです。
ラッタ《らった》と　ネジュウ《ねじゅう》が、ふあんに
なってきた　とき――

イシシ《いしし》が、すごい
おならを　ぶっぱなして、
水《みず》の　中《なか》から
とびだしてきたのです。
もちろん、ちゃんと　うでに
マウル《まうる》も　かかえています。

「うわー、たすかったよ。」
「マウル《まうる》、よかったー。」
「三《さん》にん そろって、
かえれるね。」
ぶじを
よろこびあう
三《さん》にんを みて、
イシシ《いしし》は
おもいました。

たいせつな　ともだちを　たすけようとしても、
じじょうが　あって、たすけられない　ことも
あるのです。
あのとき、ゾロリ《ぞろり》せんせと　ノシシ《のしし》が、じぶんを
ひきとめに　こなかったのには、なにか　わけが
ある　はずだ。
そう　かんがえると、イシシ《いしし》は　むしょうに
ふたりに　あいたくて　たまらなくなりました。
でも、どこへ　いけば　あえるのでしょう。

しょんぼりと　なみだぐんでいる　イシシ《いしし》を
みた　ねずみたちは、びっくりしました。

「どうしたんですか。」
「どこか、けがでも
したんですか？」

「ぼくたちで　たすけて
あげられる　ことは、ありますか？」
そう　いって、三《さん》にんは、イシシ《いしし》の
まわりに　あつまりました。

さて、そのころ、

ブーデル《ぶーでる》はかせの　けんきゅうじょでは、
ひきつづき、おならシンクロ《しんくろ》の
テスト《てすと》が　つづいていました。

おなら名人《めいじん》の
ひとりでも　あった
ブーデル《ぶーでる》はかせも
くわわって、いろいろな
くみあわせを　ためして
みましたが、いまだに

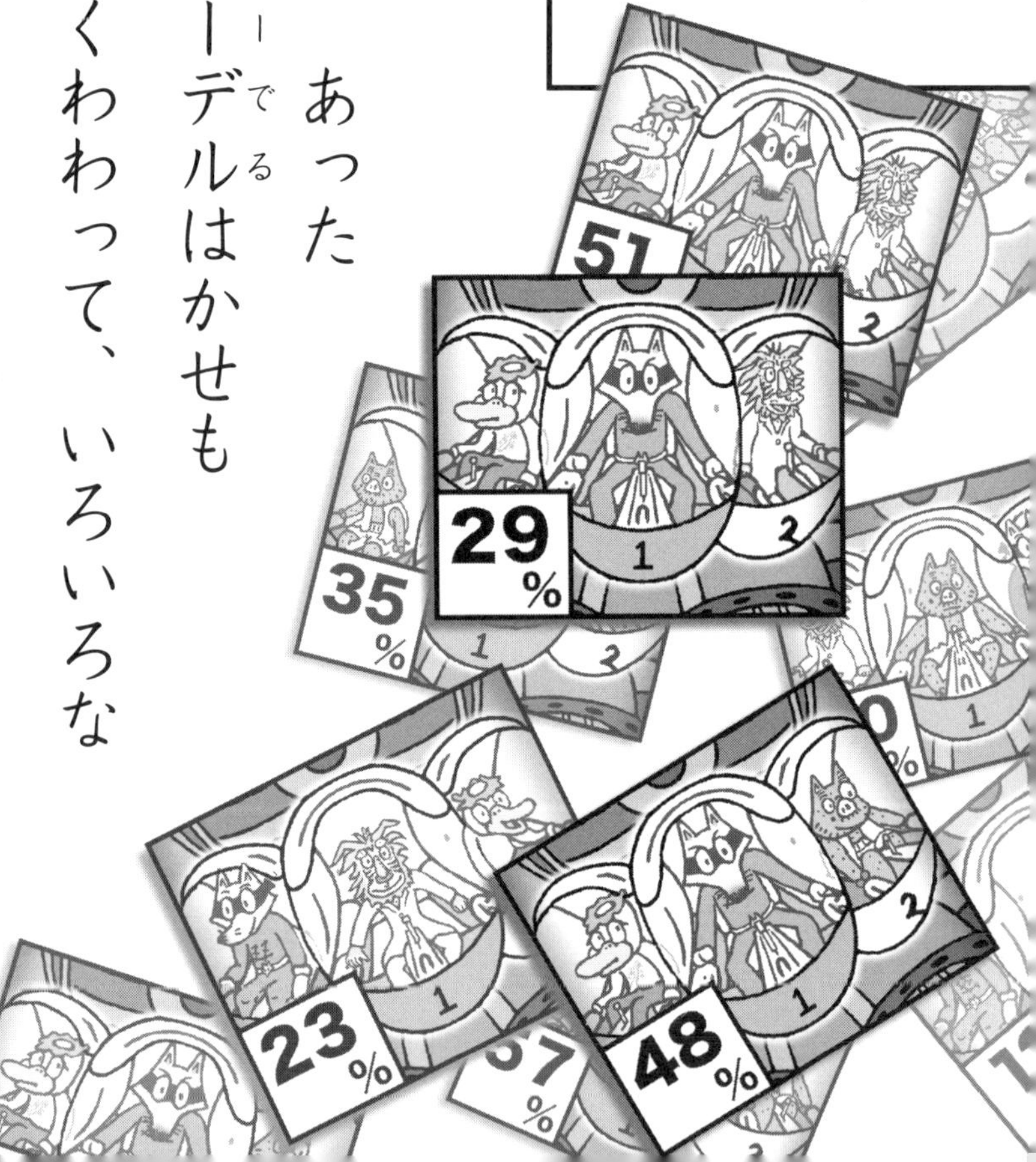

ピッタリ《ぴったり》　シンクロ《しんくろ》する　三《さん》にんは、みつかりません。
トレーニングルーム《とれーにんぐるーむ》の　ブリオ《ぶりお》も　がんばって
いますが、きゅうげきな　ダイエット《だいえっと》で、
もう　フラフラ《ふらふら》です。

このままでは、そうじゅうせきに
すわれたと　しても、うちゅうへ
いける　たいりょくなど
ないでしょう。

しかし、

あなた パンダに なっちゃう

もうすぐ　ダンク《だんく》が
きてくれます。
スポーツマン《すぽーつまん》の
ダンク《だんく》なら、おならを
コントロール《こんとろーる》して、
だれとでも　シンクロ《しんくろ》
できるかも　しれません。
そう　なれば、すぐにでも　うちゅうへ
とびたてる　ことでしょう。

そのとき、

トゥルルルル

はかせの　けいたい
でんわが　なりひびきました。
「おっ、イシシ《いしし》くんが
みつかったのかも　しれんぞ。」
きたいして　でてみると、

ダンク《だんく》の　声《こえ》でした。

すみません。さばくで、車《くるま》が
パンク《ぱんく》してしまいました。
スペアタイヤ《すぺあたいや》も　なく、ちかくに
しゅうりこうじょうも　なさそうです。
たすけは　よびましたが、そちらに
いつごろ　つけるのか、わかりません。

なんと　いう　ことでしょう。
これで、ダンク《だんく》も　あてに
ならなくなりました。

テレビ《てれび》での　イシシ《いしし》への　よびかけにも、
いまだ　なんの　はんのうも　ありません。
また、ふりだしに　もどってしまったようです。
はかせは、ヘヴァーン《へゔぁーん》・デルヨン《でるよん》を、じしんを
もって　かいはつしてきました。
おなら名人《めいじん》の　力《ちから》を　かりさえ　すれば、
すぐに　うごかせる　はずだったのです。
はかせは、しばらく　かんがえこんだ　あと、
ふたたび　マニイ号《まにいごう》を　よびだしました。

マニイ《まにい》と　グレイ《ぐれい》の　すがたが
モニター《もにたー》に　うつしだされると、
「よく　きいてくれ。きみたちを
たすけに　いく　じゅんびに
かけられるのは、あと　半日《はんにち》しか　ない。
なのに、ロボット《ろぼっと》が、まだ　うごかせないのじゃ。
もちろん、ぎりぎりまで、どりょくは
する　つもりだ。でも、
きみたちには、さいあくの

ことも、かんがえて　おいて　ほしいんじゃ。」

はかせは、ほんとうの　ことを、つつみかくさず　つたえました。

「すまない。おれさまが　かならず　たすけにいくなんて、ちょうしの　いい　こと、いっちゃったから……。」

ゾロリ《ぞろり》も、そうじゅうせきで　はんせいしています。

すると――

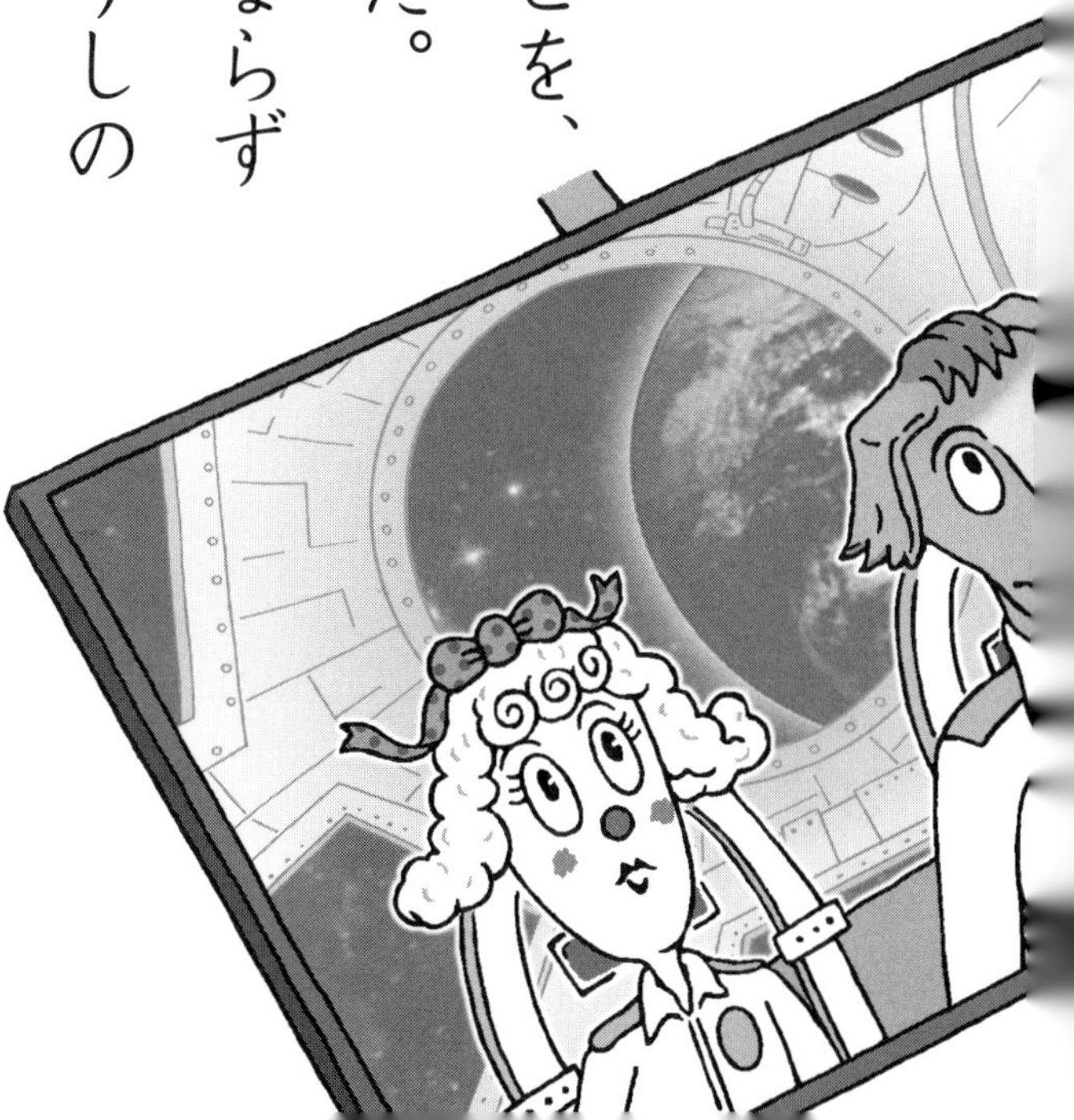

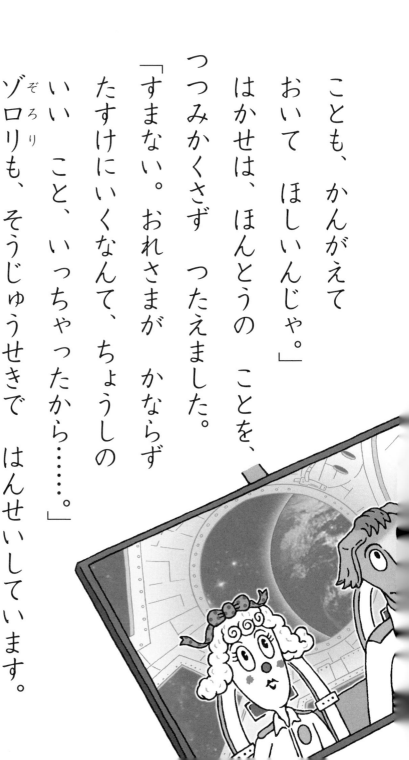

わたしたちは、きゅうじょに　きてくれる
ロケット《ろけっと》が　ようい　できないと　しらされた
ときに、かくごは　きめていました。
けっかは　どう　あれ、あなたたちが
わたしたちを　たすけようと、
ここまで　どりょくして
くれた　ことに
かんしゃします。

いま、目《め》の　まえには、大《おお》きな
月《つき》が　かがやいています。
こんな　ロマンチック《ろまんちっく》な
ばしょで、あいする　ひとと
さいごを　むかえられる
なんて、とても　しあわせな
ことだわ。みなさん、
ほんとうに　ありがとう。

ふたりは、ふかぶかと　あたまを　さげました。
と、そのとき、けんきゅうじょの　ドア《どあ》が――

いきおいよく
あきました。
ゆうひを　せに
あび、さっそうと
あらわれた、その
シルエット《しるえっと》は、イシシ《いしし》……
では　ありません。
「だれだ!!　きみは？」
はかせが　さけぶと、

その　男《おとこ》の　ひとが　ききました。
「あのー、ここが、ブーデル《ぶーでる》はかせの
けんきゅうじょ
でしょうか？」
「ああ、そうじゃとも。」
「よかった。みんな
こっち、こっちですよ。」
男《おとこ》の　ひとの　うしろから、

ひょっこり　あらわれたのは、
三《さん》びきの　ねずみを　つれた
イシシ《いしし》でした。

　ねずみたちに　あんない
されて、イシシ《いしし》が　谷《たに》から
どうろへ　あがって
きた　ときです。
　そこで
でくわした
男《おとこ》の　ひとが、

　タブレット《たぶれっと》で
たずねびとの
ニュース《にゅーす》を
イシシ《いしし》に　みせて、
いそいで　ブーデル《ぶーでる》はかせの
けんきゅうじょに　つれて
きたと　いう　わけです。

ゾロリ《ぞろり》と　ノシシ《のしし》は、
そうじゅうせきから　とびおりると、
イシシ《いしし》の　もとへ　かけよりました。

「わーん。どこ　いってただ。
イシシ《いしし》、おら、ずいぶん
さがしただよ。」
そして、ゾロリ《ぞろり》が、
「わるかったな、イシシ《いしし》。

なかなおりしようと、
おまえの　あとを
おいかけていた　とちゅうで、
マニイ《まにい》の　ニュース《にゅーす》を　しって、
おもわず　ここに　きちまったのさ。」
ちゃんと　あやまってくれたのです。
「よかっただ。やっぱり、ただならない
わけが　あっただね。」
みすてられたのでは　なかったと

しった　イシシ《いしし》は、心《こころ》から　ほっと　しました。
三《さん》にんが　よろこびを　かみしめていると、
「わるいが、じかんが　ないんじゃ。
かんどうの　さいかいは
そこまでに　して、すぐに
そうじゅうせきに
すわってもらえんかね。」
はかせに　いわれた
三《さん》にんは、

そうじゅうせきに　のりこみました。
イシシ《いしし》が　はかせの　おいもを　たらふく
たべると、
一《いっ》かいめの　テスト《てすと》です。
まだ、さいかいの　かんどうが　のこって
いるのか、すこしだけ　イシシ《いしし》の　おならが
つよすぎました。

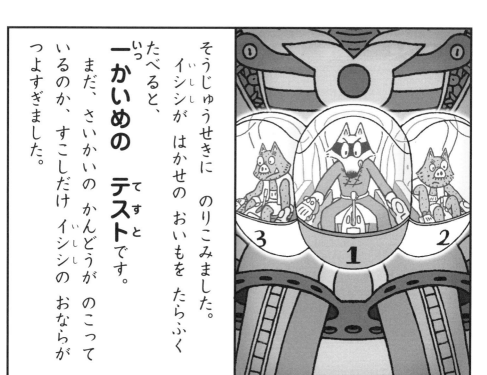

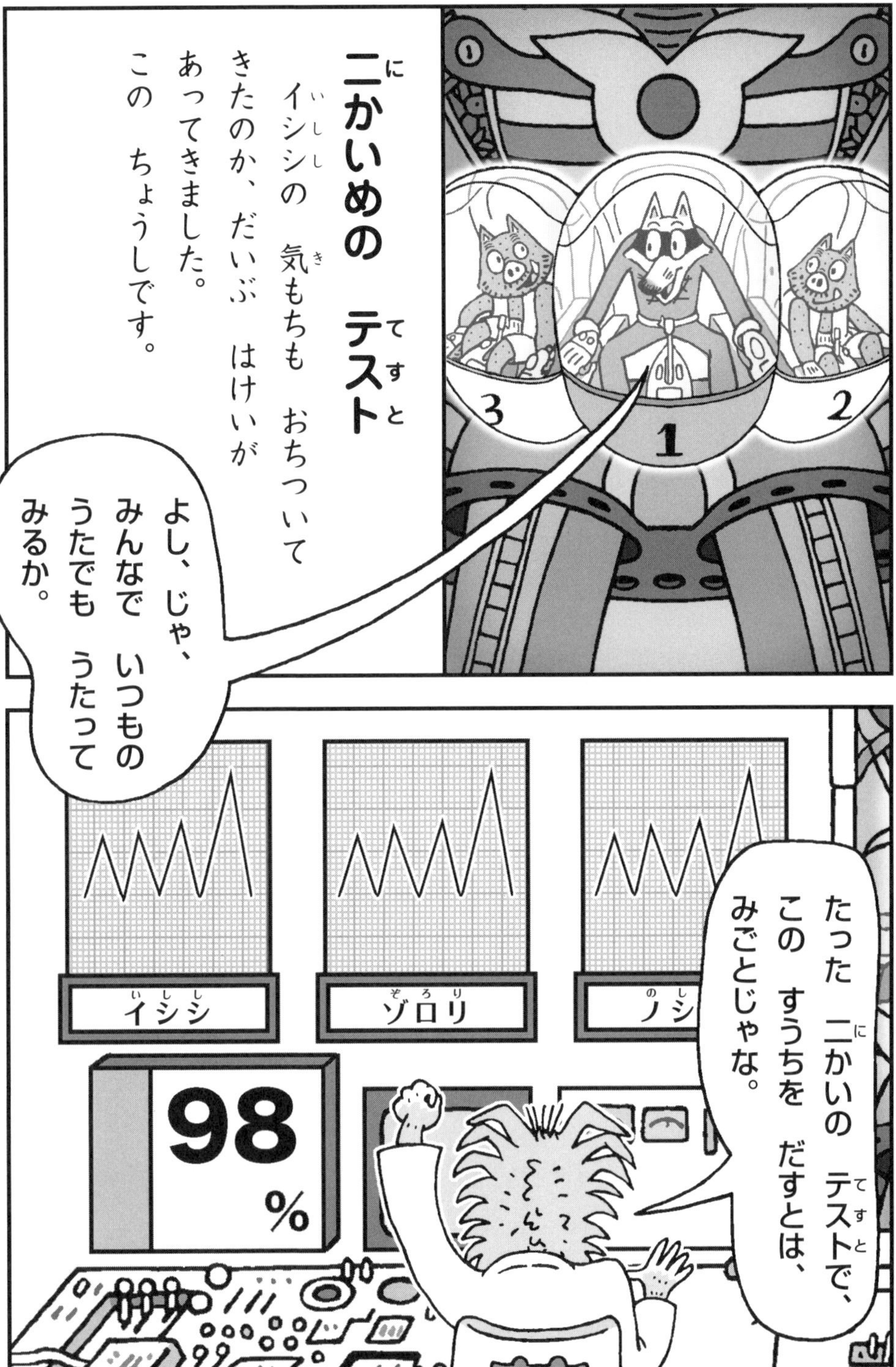
二《に》かいめの　テスト《てすと》
イシシ《いしし》の　気《き》もちも　おちついて
きたのか、だいぶ　はけいが
あってきました。
この　ちょうしです。
1
2
3
よし、じゃ、みんなで　いつもの　うたでも　うたって　みるか。
イシシ《いしし》
ゾロリ《ぞろり》
ノシ《のし》
98%
たった　二《に》かいの　テスト《てすと》で、この　すうちを　だすとは、みごとじゃな。

三《さん》かいめの　テスト《てすと》

三《さん》にんが　声《こえ》を　あわせて　うたい
はじめたとたん、三《み》つの　おならの
はけいが、ピッタリ《ぴったり》　あいました。
ごらんください。
シンクロ《しんくろ》りつが、百《ひゃく》パーセント《ぱーせんと》を
しめしています。

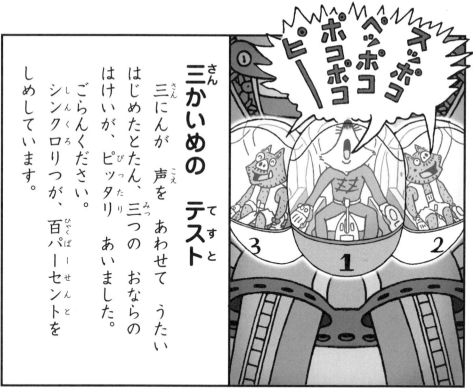

「どうじゃ、わしの　にらんだとおり、この
三《さん》にんこそ、ヘヴァーン《へゔぁーん》・デルヨン《でるよん》の
パイロット《ぱいろっと》じゃったな。」
はかせの　こうふんが
けんきゅうじょに　いる
みんなに　つたわり、
さいこうちょうに
たっした　とき、ドア《どあ》を
あけて　はいってきたのは――

ダンク《だんく》でした。

「ハア《はあ》、ハア《はあ》、ねえ、まにあった？」

「うーん。もう　きみは、
まにあってます。」

フレディ《ふれでぃ》が、いま　まさに　三《さん》にんの
パイロット《ぱいろっと》が　きまった　ことを
つたえました。

でも、おもったより、
はやく　ついたね。

こまっていたら、
うん　よく、また　あの
ひとが　とおりかかって、
のせてくれたんだよ。

ダンク《だんく》の　ゆびさす　ほうに、
赤《あか》い　ひこうきが　とびさって
いくのが　みえました。

それより、うちゅうへ　しゅっぱつ
できると　いう　ニュース《にゅーす》を　いちはやく
しりたいのは、この　ふたりでしょう。

「マニイ《まにい》さん、グレイ《ぐれい》さん、
たったいま、三《さん》にんの
パイロット《ぱいろっと》が　きまり、
おふたりを　たすけに
いける　ことに
なりましたぞ。」
ブーデル《ぶーでる》はかせが
つたえます。
「まあ、ほんと？
きぼうを　もって

まってて　いいのね。」
マニイ《まにい》の　かおが
かがやくと、
「もちろんです。」
そう　いいきった
ブーデル《ぶーでる》はかせ
でしたが、

まだ　ひとつだけ、しんぱいごとが　ありました。
それは——

この ヘヴァーン・デルヨン《へゔぁーん・でるよん》は、ちじょうでの
さぎょう ロボット《ろぼっと》です。うちゅうにまで いくと
なると、かえりの ねんりょうの おいもは
つみこんでいかなければ なりません。
でも、じゅうりょうせいげんが あるので、
かえりに ひつような おならの ぶん
ぎりぎりの おいもしか
つみこめ
ないのです。

わしの　けいさんでは、
うちゅうから　かえってくるのに、
さいてい　ひとり　32本《ほん》の
おいもが　ひつようじゃ。
と　いう　ことは、ぜんぶで
96本《ぼん》。
もしもの
ときのために、
さらに
ひとり
1本《ぼん》ずつ。
トータルで
99本《ほん》　もって
いきたいん
じゃが……。

32	32
32	
+32	

32 32 +32
96 +　3
99

口《くち》の
中《なか》に
24本《ほん》

おもさの
かんけいで、この
ロボットには、
96本《ぼん》しか
つみこめ
ないのじゃ。

むねの
中《なか》に
72本《ほん》

おいも　一本《いっぽん》たりとも、
むだには　できません。
でも、ゾロリ《ぞろり》たちの　ことです。
きっと　せつやくして、うまく
のりこなしてくれるでしょう。

おいもを　たべて、おならの
じゅんびは　ばんたん。
いよいよ、ゾロリ《ぞろり》たちが　うちゅうふくを
みに　つけて、あらわれました。
三《さん》にんの　ふんいきが　いつもと
ちがいます。
せかい中《じゅう》から　ちゅうもくを
あびるのですから、しめいてはいを
うけている　ゾロリ《ぞろり》は、どうぶつ
けいさつに　みつかるのを
おそれて、ちょっとだけ
へんそうを
しているのです。

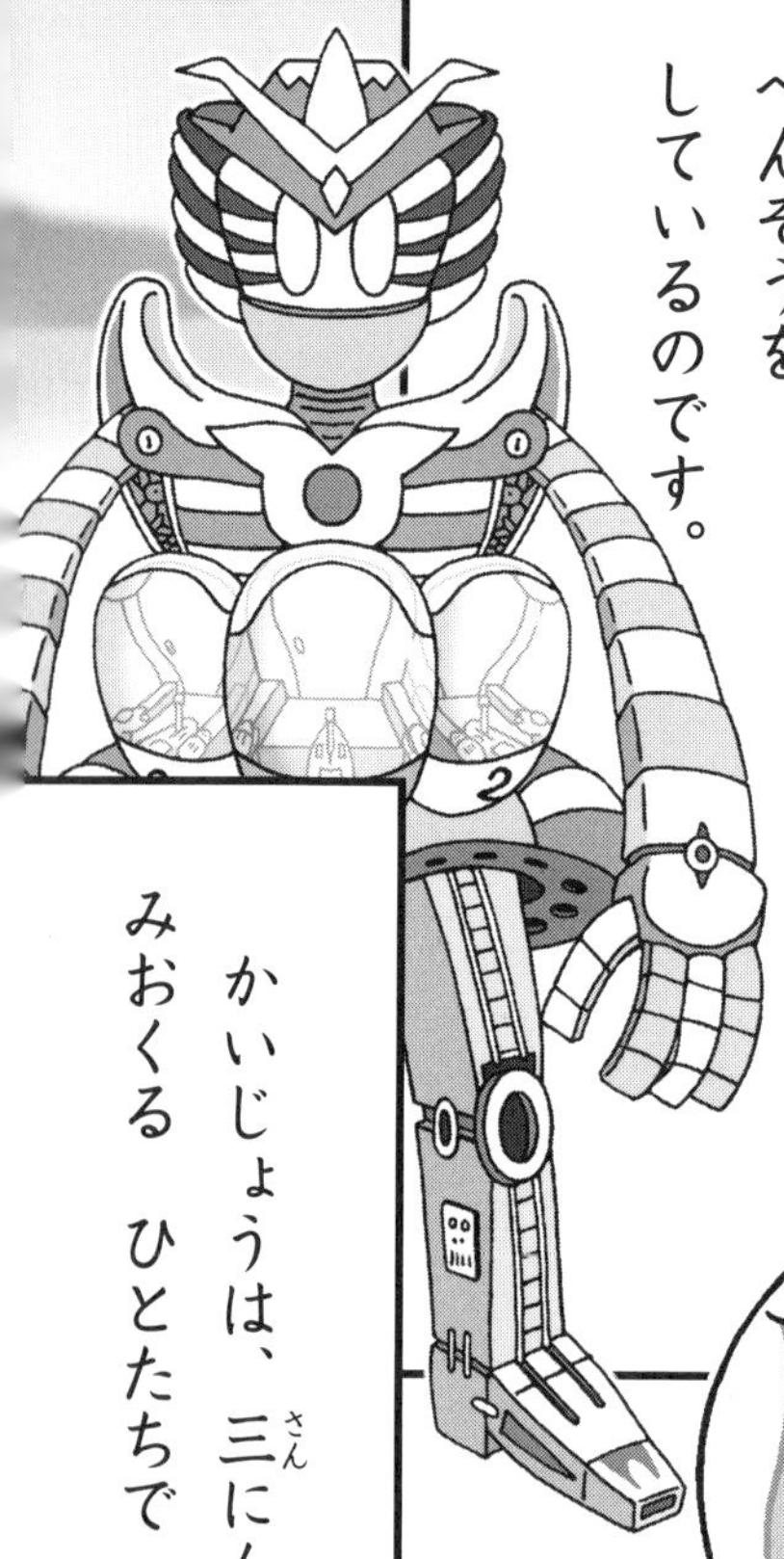

かいじょうは、三《さん》にんを
みおくる　ひとたちで　いっぱいでした。

イシシ《いしし》は、その　中《なか》に、
たすけてあげた
ねずみたちを　みつけ、

と、声《こえ》を　かけ、もっている
うちゅうひこうしの　ぬいぐるみを
プレゼント《ぷれぜんと》しました。

そして、
かいじょうの　みんなに
手《て》を　ふると、三《さん》にんは
ヘヴァーン《へゔぁーん》・デルヨン《でるよん》に
のりこんで
いったのです。

ブーデル《ぶーでる》はかせは、けんきゅうじょの しれいしつに スタンバイ《すたんばい》。

さあ、ヘヴァーン《へゔぁーん》・デルヨン《でるよん》の すごさを おみせする ときが きたようだな。

はかせが ボタン《ぼたん》を おすと、カウントダウン《かうんとだうん》が はじまりました。
プチッ
97
98
99
100
マニイ《まにい》、グレイ《ぐれい》、すぐに たすけに いくから、まって いるんだぜ!!
みんなのために、イカス《いかす》 おなら だすだよ。
ぼくたちの ぶんまで、がんばって きてくれよ。
けいしそうかん、あの パイロット《ぱいろっと》、どこかで……。
そう いわれれば。
ぶじに かえって きてね。
うーん。
わがしゃの なまえを、あの ロボット《ろぼっと》に かきたかったな。
ぼくたちが ちじょうで、しっかり サポート《さぽーと》 するからね。
いい せんでんに なりましゅからね。

みんなの　きたいを　せおって、
これから　ゾロリ《ぞろり》と　イシシ《いしし》、
ノシシ《のしし》は、うちゅうへ　とびたちます。
かならず　マニイ《まにい》と　グレイ《ぐれい》を
ちきゅうに　つれかえって
くれる　ことでしょう。
　その　かつやくは、つぎの
おはなし『かいけつゾロリ《ぞろり》
うちゅう大《だい》さくせん』で！

原ゆたか先生のホームページ
www.zorori.com

●著者紹介
原ゆたか（はらゆたか）
一九五三年、熊本県に生まれる。七四年KFSコンテスト・講談社児童図書部門賞受賞。主な作品に、「ちいさなもり」「プカプカチョコレー島」シリーズ、「よわむしおばけ」シリーズ、「ほうれんそうマン」シリーズ、「かいけつゾロリ」シリーズ、「サンタクロース一年生」「イシシとノシシのスッポコペッポコへんてこ話」シリーズ、「ザックのふしぎたいけんノート」シリーズ、「にんじゃざむらいガムチョコバナナ」シリーズなどがある。

かいけつゾロリシリーズ64
かいけつゾロリ ロボット大《だい》さくせん
二〇一八年 十二月 第1刷

著者 原ゆたか
協力 原 京子
発行者 長谷川 均
編集 浪崎裕代・加藤裕樹・小村一樹
デザイン 斎藤伸二（ポプラ社デザイン室）
発行所 株式会社 **ポプラ社**
〒一〇二—八五一九
東京都千代田区麹町4—2—6 8・9F
TEL 〇三—五八七七—八一〇八（編集）
〇三—五八七七—八一〇九（営業）
印刷・製本 凸版印刷株式会社

このお話の主人公かいけつゾロリは「ほうれんそうマン」シリーズの著者みづしま志穂氏の御諒解のもとにおなじキャラクターで新たに原ゆたか氏が創作したものです。

落丁本・乱丁本はお取り替えいたします。
小社宛にご連絡下さい。電話 0120-666-553
受付時間は月～金曜日、9:00～17:00です（祝日・休日は除く）
みなさんのおたよりをお待ちしております。おたよりは著者へおわたしいたします。

ISBN978-4-591-16069-5 N.D.C.913 103p 22cm
ホームページ www.poplar.co.jp
P5950315

毎讀新聞

号外《ごうがい》

ついに ヘヴァーン《へゔぁーん》・デルヨン《でるよん》 うちゅうへ！
カウントダウン《かうんとだうん》 はじまる。

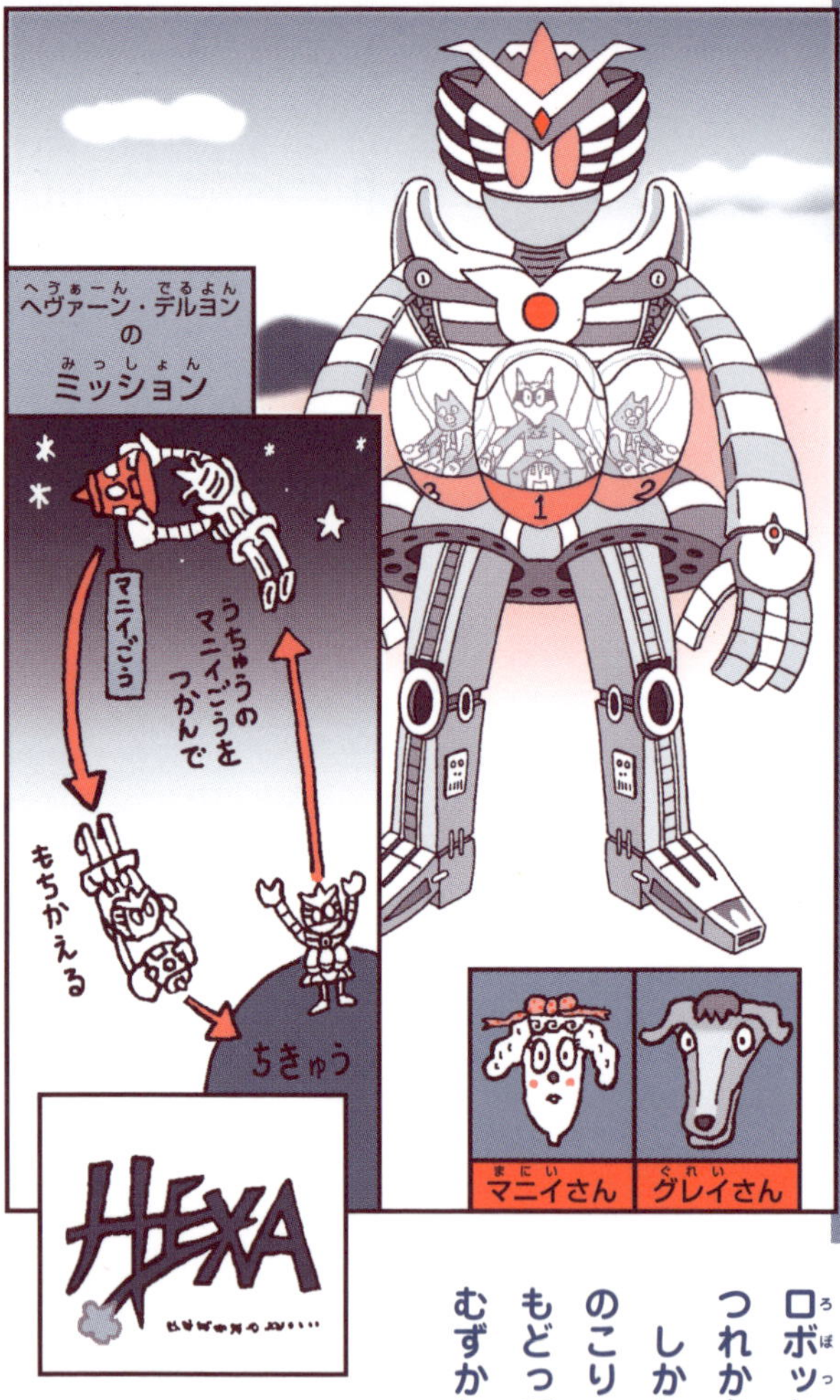

うちゅうに とりのこされた マニイ《まにい》さんと
グレイ《ぐれい》さんが のった マニイ号《まにいごう》を
きゅうしゅつに むかう ロボット《ろぼっと》、
ヘヴァーン《へゔぁーん》・デルヨン《でるよん》の じゅんびが
ととのい、いよいよ しゅっぱつの
カウントダウン《かうんとだうん》が はじまった。

この けいかくは、マニイ号《まにいごう》を
ロボット《ろぼっと》の 手《て》で つかみ、ちきゅうへ
つれかえると いう もの。

しかし、さんそと しょくりょうが
のこり すくないため、二日《ふつか》いないに
もどってこなければ ならない
むずかしい ミッション《みっしょん》だ。

なお、国《くに》も この けいかくを
バックアップ《ばっくあっぷ》するため 「ヘクサ《へくさ》」
と いう プロジェクト《ぷろじぇくと》を
たちあげ、うちゅうふくの
ていきょうや、ぎじゅつめんでの
サポート《さぽーと》を する ことを
きめた。